金子みすゞ名詩集

彩図社文芸部　編纂

序

明治36年、山口県に生まれた童謡詩人金子みすゞ。

彼女の残した作品には、小さな動植物に対する深い愛情や悲しみ、そして子供の持つ独特の感性などが、みずみずしい言葉で綴られています。

こころに響く金子みすゞの詩を味わってください。

目次

金子みすゞ名詩集

私と小鳥と鈴と

私が両手をひろげても、
お空はちっとも飛べないが、
飛べる小鳥は私のように、
地面《じべた》を速《はや》くは走れない。

私がからだをゆすっても、
きれいな音は出ないけど、
あの鳴る鈴は私のように
たくさんな唄は知らないよ。

鈴と、小鳥と、それから私、
みんなちがって、みんないい。

大漁《たいりょう》

朝焼《あさやけ》小焼《こやけ》だ
大漁だ
大羽鰯《おおばいわし》の
大漁だ。

浜《はま》は祭《まつ》りの
ようだけど
海のなかでは
何万《なんまん》の

鰯のとむらい
するだろう。

お菓子

いたずらに一つかくした
弟のお菓子。
たべるもんかと思ってて、
たべてしまった、
一つのお菓子。

母さんが二つッていったら、
どうしよう。

おいてみて
とってみてまたおいてみて、
それでも弟が来ないから、
たべてしまった、
二つめのお菓子。

にがいお菓子、
かなしいお菓子。

こだまでしょうか

「遊《あそ》ぼう」っていうと
「遊ぼう」っていう。

「馬鹿《ばか》」っていうと
「馬鹿」っていう。

「もう遊ばない」っていうと
「遊ばない」っていう。

そうして、あとで
さみしくなって、

「ごめんね」っていうと
「ごめんね」っていう。

こだまでしょうか、
いいえ、誰でも。

こころ

お母さまは
大人《おとな》で大きいけれど。
お母さまの
おこころはちいさい。

だって、お母さまはいいました、
ちいさい私でいっぱいだって。

私は子供で

ちいさいけれど、
ちいさい私の
こころは大きい。

だって、大きいお母さまで、
まだいっぱいにならないで、
いろんな事をおもうから。

土

こッつん　こッつん
打《ぶ》たれる土は
よい畠《はたけ》になって
よい麦生《むぎう》むよ。

朝から晩まで
踏《ふ》まれる土は
よい路《みち》になって
車を通すよ。

打たれぬ土は
踏まれぬ土は
要《い》らない土か。

いえいえそれは
名のない草の
お宿《やど》をするよ。

もくせい

もくせいのにおいが
庭いっぱい。

表の風が、
御門のとこで、
はいろか、やめよか、
相談してた。

夜

夜は、お山や森の木や、
巣《す》にいる鳥や、草の葉や、
赤いかわいい花にまで、
黒いおねまき着せるけど、
私にだけは、できないの。

私のおねまき白いのよ、
そして母さんが着せるのよ。

夕顔

お空の星が
夕顔に、
さびしかないの、と
ききました。

お乳のいろの
夕顔は、
さびしかないわ、と
いいました。

お空の星は
それっきり、
すましてキラキラ
ひかります。

さびしくなった
夕顔は、
だんだん下を
むきました。

不思議《ふしぎ》

私は不思議でたまらない、
黒い雲からふる雨が、
銀《ぎん》にひかっていることが。

私は不思議でたまらない、
青い桑《くわ》の葉たべている、
蚕《かいこ》が白くなることが。

私は不思議でたまらない、

だれもいじらぬ夕顔が、
ひとりでぱらりと開くのが。
私は不思議でたまらない、
誰にきいても笑ってて、
あたりまえだ、ということが。

蜂と神さま

蜂はお花のなかに、
お花はお庭のなかに、
お庭は土塀《どべい》のなかに、
土塀は町のなかに、
町は日本のなかに、
日本は世界のなかに、
世界は神さまのなかに。

そうして、そうして、神さまは、

小ちゃな蜂のなかに。

春の朝

雀がなくな、
いい日和だな、
うっとり、うっとり
ねむいな。

上の瞼《まぶた》はあこうか、
下の瞼はまァだよ、
うっとり、うっとり
ねむいな。

草原

露の草原
はだしでゆけば、
足があおあお染まるよな。
草のにおいもうつるよな。

草になるまで
あるいてゆけば、
私のおかおはうつくしい、
お花になって、咲くだろう。

世界中の王様

世界中の王様をよせて、
「お天気ですよ。」と云ってあげよう。

王様の御殿《ごてん》はひろいから、
どの王様も知らないだろう。
こんなお空を知らないだろう。

世界中の王様をよせて
そのまた王様になったのよりか、

もっと、ずっと、うれしいだろう。

明るい方へ

明るい方へ
明るい方へ。

一つの葉でも
陽《ひ》の洩《も》るとこへ。

籔かげの草は。

明るい方へ

明るい方へ。

翅は焦《こ》げよと
灯《ひ》のあるとこへ。

夜飛ぶ虫は。

明るい方へ
明るい方へ。

一分もひろく
日の射《さ》すとこへ。

都会《まち》に住む子等は。

つばめ

つういと燕がとんだので、
つられてみたよ、夕空を。
そしてお空にみつけたよ、
くちべにほどの、夕やけを。
そしてそれから思ったよ、
町へつばめが来たことを。

小さなうたがい

あたしひとりが
叱られた。
女のくせにって
しかられた。

兄さんばっかし
ほんの子で、
あたしはどっかの
親なし子。

ほんのおうちは
どこか知ら。

雀のかあさん

子供が
子雀
つかまえた。

その子の
かあさん
笑ってた。

雀の

かあさん
それみてた。
お屋根で
鳴かずに
それ見てた。

犬

うちのだりあの咲いた日に
酒屋のクロは死にました。

おもてであそぶわたしらを、
いつでも、おこるおばさんが、
おろおろ泣いて居りました。

その日、学校《がっこ》でそのことを
おもしろそうに、話してて、

ふっとさみしくなりました。

さかむけ

なめても、吸っても、まだ痛む
紅《べに》さし指のさかむけよ。

おもい出す、
おもい出す、
いつだかねえやにきいたこと。

「指にさかむけできる子は、
親のいうこときかぬ子よ。」

おとつい、すねて泣いたっけ、
きのうも、お使いしなかった。
母さんにあやまりゃ、
なおろうか。

夜ふけの空

人と、草木のねむるとき、
空はほんとにいそがしい。

星のひかりはひとつずつ、
きれいな夢を背《せな》に負い、
みんなのお床へとどけよと、
ちらちらお空をとび交うし、
露姫さまは明けぬまに、
町の露台《ろだい》のお花にも、

お山のおくの下葉にも、
残らず露をくばろうと、
銀のお馬車をいそがせる。

花と、子供のねむるとき、
空はほんとにいそがしい。

誰がほんとを

誰がほんとをいうでしょう、
私のことを、わたしに。
　よその小母さんはほめたけど、
なんだかすこうし笑ってた。

誰がほんとをいうでしょう、
花にきいたら首ふった。
　それもそのはず、花たちは、
みんな、あんなにきれいだもの。

誰がほんとをいうでしょう、
小鳥にきいたら逃げちゃった。
きっといけないことなのよ、
だから、言わずに飛んだのよ。

誰がほんとをいうでしょう、
かあさんにきくのは、おかしいし、
（私は、かわいい、いい子なの、
それとも、おかしなおかおなの。）

誰がほんとをいうでしょう、
わたしのことをわたしに。

女王さま

あたしが女王《じょおう》さまならば
国中のお菓子屋《かしや》呼びあつめ、
お菓子の塔《とう》をつくらせて、
そのてっぺんに椅子《いす》据《す》えて、
壁《かべ》をむしって喰《た》べながら、
いろんなお布令《ふれ》を書《か》きましょう。

いちばん先に書くことは、
「私の国に棲《す》むものは

子供ひとりにお留守居《るすい》を
させとくことはなりません。」

そしたら、今日の私のように
さびしい子供はいないでしょう。

それから、つぎに書くことは、
「私の国に棲むものは
私の毬《まり》より大きな毬を
誰も持つこと出来ません。」

そしたら私も大きな毬が
欲《ほ》しくなくなることでしょう。

硝子と文字

硝子《がらす》は
空《から》っぽのように
すきとおって見える。

けれども
たくさん重なると、
海のように青い。

文字《もじ》は

蟻のように
黒くて小さい。

けれども
たくさん集まると、
黄金《きん》のお城《しろ》のお噺《はなし》もできる。

仙人

花をたべてた仙人は、
天へのぼってゆきました。
　そこでお噺すみました。

私は花をたべました、
緋桃の花は苦かった。
　そこでげんげをたべました。

お花ばかりをたべてたら、

いつかお空へゆけましょう。
　そこでも一つたべました。
けれどそろそろ日がくれて、
お家の灯《あか》りがついたから、
　そこで御飯をたべました。

蓮と鶏

泥のなかから
蓮が咲く。
それをするのは
蓮じゃない。

卵のなかから
鶏《とり》が出る。

それをするのは
鶏じゃない。
それに私は
気がついた。
それも私の
せいじゃない。

木

小鳥は
小枝のてっぺんに、
子供は
木かげの鞦韆《ぶらんこ》に、
小ちゃな葉っぱは
芽のなかに。

あの木は、
あの木は、

うれしかろ。

二つの草

ちいさい種は仲よしで、
いつも約束してました。
「ふたりはきっと一しょだよ、
ひろい世界へ出るときは。」

けれどひとりはのぞいても、
ほかのひとりは影もなく。
あとのひとりが出たときは、
さきのひとりは伸びすぎた。

せいたかのっぽのつばめぐさ、
秋の風ふきゃさやさやと、
右に左に、ふりむいて、
もとの友だちさがしてる。
ちいさく咲いた足もとの、
おみこし草を知りもせず。

雛まつり

雛のお節句来たけれど、
私はなんにも持たないの。
となりの雛はうつくしい、
けれどもあれはひとのもの。
私はちいさなお人形と、
ふたりでお菱《ひし》をたべましょう。

闇夜の星

闇夜に迷子《まいご》の
星ひとつ。
あの子は
女の子でしょうか。

私のように
ひとりぼっちの、
あの子は
女の子でしょうか。

海を歩く母さま

母さま、いやよ、
そこ、海なのよ。
ほら、ここ、港、
この椅子《いす》、お舟、
これから出るの。
お舟に乗ってよ。

あら、あら、だァめ、
海んなか歩いちゃ、

あっぷあっぷしてよ。
母さま、ほんと、
笑ってないで、
はよ、はよ、乗ってよ。

とうとう行っちゃった。
でも、でも、いいの、
うちの母さま、えらいの、
海、あるけるの。
えェらいな、
えェらいな。

草の名

人の知ってる草の名は、
私はちっとも知らないの。

人の知らない草の名を、
私はいくつも知ってるの。

それは私がつけたのよ、
好きな草には好きな名を。

人の知ってる草の名も、
どうせ誰かがつけたのよ。
ほんとの名まえを知ってるは、
空のお日さまばかりなの。
だから私はよんでるの、
私ばかりでよんでるの。

お日さん、雨さん

ほこりのついた
芝草を
雨さん洗って
くれました。

洗ってぬれた
芝草を
お日さんほして
くれました。

こうして私が
ねころんで
空をみるのに
よいように。

暦と時計

暦があるから
暦を忘れて
暦をながめちゃ、
四月だというよ。

暦がなくても
暦を知ってて
りこうな花は
四月にさくよ。

時計があるから
時間をわすれて
時計をながめちゃ、
四時だというよ。

時計はなくても
時間を知ってて
りこうな鶏《とり》は
四時には啼くよ。

土と草

母さん知らぬ
草の子を、
なん千万の
草の子を、
土はひとりで
育てます。

草があおあお
茂ったら、

土はかくれて
しまうのに。

お月さまの唄

「あとさま、なァんぼ。」
「あとさま、なァんぼ。」
　ばあやは教えてくれました、
ちょうどこのよな夕月に。

「十三、九《こォこの》つ。」
「十三、九《こォこの》つ。」
　いまは、弟《おとと》に教えます、
おなじお背戸で手々ひいて。

「まだ年や、わァかいな。」
「まだ年や、わァかいな。」
私はこのごろ唄わない、
お月さまみても、忘れてた。

「あとさま、なァんぼ。」
「あとさま、なァんぼ。」
みえぬばあやが手々ひいて、
おもい出させてくれるよな。

昼と夜

昼のあとは
夜よ、
夜のあとは
昼よ。

どこに居《い》たら
見えよ。

長い長い

縄が、
その端《はし》と
端が。

知らない小母さん

ひとりで杉垣《すぎがき》
のぞいていたら、
知らない小母《おば》さん
垣の外通った。

小母さんって呼《よ》んだら
知ってるように笑った、
私が笑ったら
もっともっと笑った。

知らない小母さん、
いい小母さんだな、
花の咲いた柘榴《ざくろ》に
かくれて行ったよ。

達磨《だるま》おくり

白勝った、
白勝った。
揃って手をあげ
「ばんざあい」
赤組《あかぐみ》の方見て
「ばんざあい」

だまってる
赤組よ、

秋のお昼の
日の光り、
土によごれて、ころがって、
赤いだるまが照られてる。

も一つと
先生が云うので
「ばんざあい。」
すこし小声《こごえ》になりました。

ばあやのお話

ばあやはあれきり話さない、
あのおはなしは、好きだのに。
「もうきいたよ」といったとき、
ずいぶんさびしい顔してた。
ばあやの瞳《め》には、草山の、
野茨のはなが映《うつ》ってた。

あのおはなしがなつかしい、
もしも話してくれるなら、
五度も、十度も、おとなしく、
だまって聞いていようもの。

雪

誰も知らない野の果《はて》で
青い小鳥が死にました
　さむいさむいくれ方に

そのなきがらを埋《う》めよとて
お空は雪を撒《ま》きました
　ふかくふかく音もなく

人は知らねど人里の

家もおともにたちました
　しろいしろい被衣着《かつぎき》て
やがてほのぼのあくる朝
空はみごとに晴れました
　あおくあおくうつくしく
小《ち》さいきれいなたましいの
神さまのお国へゆくみちを
　ひろくひろくあけようと

海へ

祖父《じい》さも海へ、
父《とと》さも海へ、
兄《あに》さも海へ、
みんなみんな海へ。

海のむこうは
よいところだよ、
みんな行ったきり
帰りゃあしない。

おいらも早く
大人になって、
やっぱり海へ
ゆくんだよ。

私の丘

私の丘よ、さようなら。
茅花《つばな》もぬいた、草笛を、
青い空みて吹きもした、
私の丘の青草よ、
みんな元気で伸びとくれ。

私ひとりはいなくても、
みなはまた来てあすぼうし、
ひとりはぐれたよわむしは、

ちょうど私のしたように、
わたしの丘と呼《よ》びもしょう。
けれど、私にゃいつまでも、
「私の丘」よ、さようなら。

げんげ

雲雀《ひばり》聴き聴き摘《つ》んでたら、
にぎり切れなくなりました。

持ってかえればしおれます、
しおれりゃ、誰かが捨てましょう。
きのうのように、芥箱《ごみばこ》へ。

私はかえるみちみちで、
花のないとこみつけては、

はらり、はらりと、撒《ま》きました。
――春のつかいのするように。

ころんだ所

いつか使いのかえりみち
ここでころんで泣きました。
あの日みていた小母さんが
いまもお店にいるようす。
桃太郎さん、桃太郎さん、
ちょいとお貸しな、かくれみの。

雪に

海にふる雪は、海になる。
街にふる雪は、泥《どろ》になる。
山にふる雪は、雪でいる。

空にまだいる雪、
どォれがお好き。

星とたんぽぽ

青いお空の底ふかく、
海の小石のそのように、
夜がくるまで沈んでる、
昼のお星は眼にみえぬ。
　見えぬけれどもあるんだよ、
　見えぬものでもあるんだよ。

散ってすがれたたんぽぽの、
瓦のすきに、だァまって、

春のくるまでかくれてる、
つよいその根は眼にみえぬ。
見えぬけれどもあるんだよ、
見えぬものでもあるんだよ。

露《つゆ》

誰《だれ》にもいわずにおきましょう。

朝のお庭のすみっこで、
花がほろりと泣いたこと。

もしも噂《うわさ》がひろがって
蜂《はち》のお耳へはいったら、
わるいことでもしたように、

蜜《みつ》をかえしに行《ゆ》くでしょう。

魔法の杖

おもちゃ屋さん、
おひるねよ。
春の日永のお堀ばた。

ここの柳の葉かげから、
私が杖を一つ振りゃ、
店のおもちゃはみな活きて、
ゴムのお鳩は、とび立つし、
張子《はりこ》の虎はうなり出す……。

おもちゃ屋さん、
そうしたら、
どんなお顔をするか知ら。

四月

新しい御本、
新しい鞄に。

新しい葉っぱ、
新しい枝に。

新しいお日さま、
新しい空に。

新しい四月、
うれしい四月。

白い帽子《ぼうし》

白い帽子、
あったかい帽子、
惜《お》しい帽子。

でも、もういいの、
失《な》くしたものは、
失くしたものよ。

けれど、帽子よ、

お願《ねが》いだから、
溝《みぞ》やなんぞに落ちないで、
どこぞの、高い木の枝に、
ちょいとしなよくかかってね、
私みたいに、不器《ぶき》っちょで、
よう巣《す》をかけぬかわいそな鳥の、
あったかい、いい巣になっておやり。

白い帽子、
毛糸の帽子。

にわとり

お年をとった、にわとりは
荒《あ》れた畑に立って居《い》る
わかれたひよこは、どうしたか
畑に立って、思ってる

草のしげった、畑には
葱《ねぎ》の坊主《ぼうず》が三四本《ほん》

よごれて、白いにわとりは
荒れた畑に立っている

お魚

海の魚はかわいそう。

お米は人につくられる、
牛は牧場《まきば》で飼《か》われてる、
鯉《こい》もお池で麩《ふ》を貰《もら》う。

けれども海のお魚は
なんにも世話《せわ》にならないし
いたずら一《ひと》つしないのに

こうして私に食べられる。
ほんとに魚はかわいそう。

墓たち

墓場のうらに、
垣根ができる。

墓たちは
これからは、
海がみえなくなるんだよ。

こどもの、こどもが、乗っている、
舟の出るのも、かえるのも。

海辺《うみべ》のみちに、
垣根ができる。

僕たちは
これからは、
墓がみえなくなるんだよ。

いつもひいきに、見て通る、
いちばん小さい、丸いのも。

紙の星

思い出すのは、
病院《びょういん》の、
すこし汚《よご》れた白い壁《かべ》。

ながい夏の日、いちにちを、
眺《なが》め暮《くら》した白い壁。

小《ち》さい蜘蛛《くも》の巣《す》、雨のしみ、
そして七つの紙の星。

星に書かれた七つの字、
メ、リ、ー、ク、リ、ス、マ、七つの字。

去年《きょねん》、その頃、その床《とこ》に、
どんな子供がねかされて、
その夜の雪にさみしげに、
紙のお星を剪《き》ったやら。

忘れられない、
病院の、
壁に煤《すす》けた、七つ星。

老楓

年とった庭の楓に
十一月のお日さまは
ときが来たよ、といいました。

年とった庭の楓は
うつうつと昼寝していて
色づくことを忘れました。

新建ちのお倉の屋根が高いから

十一月のお日さまは
ちらとのぞいたきりでした。
年とった庭の楓の
青い葉は青いまんまで
しずかに散ってゆきました。

雀と芥子

小ちゃい雀が
死んだのに、
芥子《けし》は真紅《まっか》に咲いている。

知らないのです
知らせずに、
こっそりそばを通りましょ。

もしもお花が

きいたなら、
すぐにしぼんでしまうから。

りこうな桜んぼ

とてもりこうな桜んぼ、
ある日、葉かげで考える。
待てよ、私はまだ青い、
行儀《ぎょうぎ》のわるい鳥の子が、
つつきゃ、ぽんぽが痛くなる、
かくれてるのが親切だ。
　そこで、かくれた、葉の裏《うら》だ、
鳥も見ないが、お日さまも、
みつけないから、染《そ》め残す。

やがて熟《う》れたが、桜んぼ、
またも葉かげで考える。
待《ま》てよ、私を育てたは、
この木で、この木を育てたは、
あの年とったお百姓だ、
鳥にとられちゃなるまいぞ。

そこで、お百姓、籠もって、
取りに来たのに、桜んぼ、
かくれてたので採《と》り残す。

やがて子供が二人来た、
そこでまたまた考える。

待てよ、子供は二人いる、
それに私はただ一つ、
けんかさせてはなるまいぞ、
落ちない事が親切だ。
　そこで、落ちたは夜夜中《よるよなか》、
黒い巨《おお》きな靴が来て、
りこうな桜んぼを踏《ふ》みつけた。

犬とめじろ

巨《おお》きな、犬の吠《ほ》えるのは、
大きらいだけれど、
小さい目白《めじろ》のなく声は、
大好きなのよ。

わたしの泣くこえ、
どっちに似《に》てるだろ。

砂《すな》の王国《おうこく》

私はいま
砂のお国《くに》の王様《おうさま》です。

お山と、谷と、野原と、川を
思う通りに変えてゆきます。

お伽噺《とぎばなし》の王様だって
自分のお国のお山や川を、
こんなに変えはしないでしょう。

私はいま
ほんとにえらい王様です。

橙の花

泣いじゃくり
するたびに、
橙の花のにおいがして来ます。

いつからか、
すねてるに、
誰も探しに来てくれず、

壁の穴から

つづいてる、
蟻をみるのも飽きました。

壁のなか、
倉のなか、
誰かの笑う声がして、

思い出しては泣いじゃくる
そのたびに、
橙の、花のにおいがして来ます。

蓄音器

大人はきっとおもっているよ、
子供はものをかんがえないと。

だから、私が私の舟で、
やっとみつけたちいさな島の、
お城の門をくぐったとこで、
大人はいきなり蓄音器をかける。

私はそれを、きかないように、

話のあとをつづけるけれど、
唄はこっそりはいって来ては、
島もお城もぬすんでしまう。

美しい町

ふと思い出す、あの町の、
川のほとりの、赤い屋根《やね》、

そうして、青い大川《おおかわ》の、
水の上には、白い帆《ほ》が、
しずかに、しずかに動いてた。

そうして、川岸《かし》の草の上、
若い、絵描《えか》きの小父《おじ》さんが、

ぼんやり、水をみつめてた。
そうして、私は何してた。
思い出せぬとおもったら、
それは、だれかに借《か》りていた、
御本《ごほん》の挿絵《さしえ》でありました。

麦藁《むぎわら》編《あ》む子の唄

私の編んでる麦藁は、
どんなお帽子になるか知ら。
紺青《こんじょう》いろに染められて、
あかいリボンを附けられて、
遠い都のかざりまど、
明るい電燈《でんき》に照《て》らされて、
やがてかわいいおかっぱの、
嬢《じょっ》ちゃんのおつむにかぶられる……。

私もついてゆきたいな。

まつりの頃

山車《くるま》の小屋が建《た》ちました、
浜にも、氷屋できました。

お背戸の桃があかくなり、
蓮田の蛙《かえろ》もうれしそう。

試験もきのうですみました、
うすいリボンも購《か》いました。

もうお祭がくるばかり、
もうお祭がくるばかり。

月日貝

西のお空は
あかね色、
あかいお日さま
海のなか。

東のお空
真珠《しんじゅ》いろ、
まるい、黄色い
お月さま。

日ぐれに落ちた
お日さまと、
夜あけに沈む
お月さま、
逢《お》うたは深い
海の底。

ある日
漁夫《りょうし》にひろわれた、
赤とうす黄の
月日貝。

木

お花が散って
実が熟《う》れて、
その実が落ちて
葉が落ちて、
それから芽が出て
花が咲く。

そうして何べん
まわったら、
この木は御用が
すむか知ら。

おとむらいの日

お花や旗《はた》でかざられた
よそのとむらい見るたびに
うちにもあればいいのにと
こないだまでは思ってた。
だけども、きょうはつまらない
人は多《おお》ぜいいるけれど
だれも相手にならないし
都《みやこ》から来た叔母《おば》さまは
だまって涙《なみだ》をためてるし

だれも叱《しか》りはしないけど
なんだか私は怖《こわ》かった。
お店で小さくなってたら
家《うち》から雲が湧《わ》くように
長い行列《ぎょうれつ》出て行った。

あとは、なおさらさびしいな。
ほんとにきょうは、つまらない。

金魚のお墓

暗い、さみしい、土のなか、
金魚はなにをみつめてる。
夏のお池の藻の花と、
揺《ゆ》れる光のまぼろしを。

静かな、静かな、土のなか、
金魚はなにをきいている。
そっと落葉の上をゆく、
夜のしぐれのあしおとを。

冷たい、冷たい、土のなか、
金魚はなにをおもってる。
金魚屋の荷のなかにいた、
むかしの、むかしの、友だちを。

こおろぎ

こおろぎの
脚が片っぽ
もげました。

追っかけた
たまは叱って
やったけど、

しらじらと

秋の日ざしは
こともなく、
こおろぎの
脚は片っぽ
もげてます。

雀の墓

雀の墓をたてようと、
「スズメノハカ」と書いたれば、
風が吹いたと笑われて、
だまって袂へいれました。

雨があがって、出てみたら、
どこへ雀を埋《う》めたやら、
しろいはこべの花ばかり。

「スズメノハカ」は、建《た》てもせず、
「スズメノハカ」は、棄《す》てもせず。

燈籠ながし

昨夜《ゆうべ》流した
燈籠は、
ゆれて流れて
どこへ行《い》た。

西へ、西へと
かぎりなく、
海とお空の
さかいまで。

ああ、きょうの、
西のおそらの
あかいこと。

かんざし

誰も知らない、
あのかんざしに、
千代紙着せて
あそんだことを。
　母さまはお湯《ぶう》だったし、
　兄さんはお使いだったし……。
誰が見ていた、
あのかんざしを、

そっとかくして
しまったことを。
　お日さまは沈んでたし、
　お月さまはまだだったし……。

誰がみつけよ、
あのかんざしの、
花のおくびが
もげてることを。
　昼間も暗い隅っこだし、
　金銀草は茂っているし……。

誰も知らない

誰も知らない。

硝子のなか

おもての雪が見えるので、
ひらひらお花のようなので、
明《あか》り障子《しょうじ》の絵硝子《えがらす》を、
お炬燵《こた》にあたって見ていたら、

うらの木小屋《きごや》へ木をとりに、
雪ふるなかを歩いてく、
お祖母《ばあ》さまのうしろかげ、
ちらちら映《うつ》って、消えました。

昼の月

しゃぼん玉みたいな
お月さま、
風吹きゃ、消えそな
お月さま。

いまごろ
どっかのお国では、
砂漠《さばく》をわたる
旅びとが、

暗い、暗いと
いってましょ。

白いおひるの
お月さま、
なぜなぜ
行ってあげないの。

浜の石

浜辺の石は玉のよう、
みんなまるくてすべっこい。

浜辺の石は飛《と》び魚か、
投げればさっと波を切る。

浜辺の石は唄うたい、
波といちにち唄ってる。

ひとつびとつの浜の石、
みんなかわいい石だけど、
浜辺の石は偉《えら》い石、
皆《みんな》して海をかかえてる。

蚊帳《かや》

蚊帳のなかの私たち
網《あみ》にかかったお魚だ。

青い月夜の青い海
波にゆらゆら青い網。

なんにも知らずねてる間《ま》に
暇《ひま》なお星が曳《ひ》きにくる。
夜《よる》の夜《よ》なかに目がさめりゃ

雲の砂地《すなじ》にねていよう。

水と風と子供

天と地を
くゥるくゥる
まわるは誰じゃ。
それは水。

世界中を
くゥるくゥる
まわるは誰じゃ。
それは風。

柿の木を
くゥるくゥる
まわるは誰じゃ。
それはその実の欲しい子じゃ。

明日

街《まち》で逢《あ》った
母さんと子供
ちらと聞いたは
「明日《あした》」

街の果《はて》は
夕焼小焼、
春の近さも
知れる日。

なぜか私も
うれしくなって
思って来たは
「明日」

転校生

よそから来た子は
かわいい子、
どうすりゃ、おつれに
なれよかな。

おひるやすみに
みていたら、
その子は桜に
もたれてた。

よそから来た子は
よそ言葉、
どんな言葉で
はなそかな。

かえりの路で
ふと見たら、
その子はお連れが
出来ていた。

お堀のそば

お堀のそばで逢うたけど、
知らぬかおして水みてた。
きのう、けんかはしたけれど、
きょうはなんだかなつかしい。
にっと笑ってみたけれど、
知らぬ顔して水みてた。

笑った顔はやめられず、
つッと、なみだも、止められず、
私はたったとかけ出した、
小石が縞になるほどに。

こぶとり

——おはなしのうたの一——

正直爺《じい》さんこぶがなく、
なんだか寂しくなりました。
意地悪爺さんこぶがふえ、
毎日わいわい泣いてます。

正直爺さんお見舞だ、
わたしのこぶがついたとは、
やれやれ、ほんとにお気の毒、

も一度、一しょにまいりましょ。

山から出て来た二人づれ、
正直爺さんこぶ一つ、
意地悪爺さんこぶ一つ、
二人でにこにこ笑ってた。

積った雪

上の雪
さむかろな。
つめたい月がさしていて。

下の雪
重かろな。
何百人ものせていて。

中の雪

さみしかろな。
空も地面《じべた》もみえないで。

ひよどり越

ひよどり越《ごえ》の
さかおとし、
蟻の大軍
攻めくだる。

めざす平家は
梨《なし》の芯《しん》、
わたしの捨てた
梨の芯。

峠《とうげ》の茶屋の
ひるさがり、
ふるは松葉と
蝉しぐれ。

蟻の大軍
いさましく、
梨のお城を
とりまいた。

落葉のカルタ

山路《みち》に散ったカルタは
なんの札《ふだ》。
金と赤との落葉の札に、
虫くい流《りゅう》の筆のあと。

山路に散ったカルタは、
誰が読む。
黒い小鳥が黒い尾《お》はねて、
ちちッ、ちちッ、と啼いている。

山路に散ったカルタは
誰がとる。
むべ山ならぬこの山かぜが、
さっと一度にさらってく。

口真似

——父さんのない子の唄——

「お父ちゃん、
おしえてよう。」
あの子は甘えて
いっていた。

別れてもどる
裏みちで、
「お父ちゃん。」

そっと口真似
してみたら、
なんだか誰かに
はずかしい。

生垣《いけがき》の
しろい木槿《むくげ》が
笑うよう。

石ころ

きのうは子供を
ころばせて
きょうはお馬を
つまずかす。
あしたは誰《だれ》が
とおるやら。

田舎《いなか》のみちの
石ころは

赤い夕日に
けろりかん。

燕の母さん

ついと出ちゃ
くるっとまわって
すぐもどる。

つういと
すこうし行っちゃ
また戻る。

つういつういつうい、

横町《よこちょ》へ行って
またもどる。
出てみても、
出てみても、
気にかかる、

おるすの
赤ちゃん
気にかかる。

箱庭《はこにわ》

私のこさえた箱庭を
誰《だあれ》も見てはくれないの。
お空は青いに母さんは
いつもお店でせわしそう。
祭りはすんだにかあさんは
いつまであんなに忙《いそが》しい。

蝉《せみ》のなく声ききながら
私はお庭をこわします。

私のお里

母さまお里は
山こえて、
桃の花さく
桃の村。

ねえやのお里は
海越えて、
かもめの群れる
はなれ島。

私のお里は
知らないの、
どこかにあるよな
気がするの。

夢売り

年のはじめに
夢売りは、
よい初夢を
売りにくる。

たからの船に
山のよう、
よい初夢を
積んでくる。

そしてやさしい
夢売りは、
夢の買えない
うら町の、
さびしい子等の
ところへも、
だまって夢を
おいてゆく。

あるとき

お家《うち》のみえる角へ来て、
おもい出したの、あのことを。
私はもっと、ながいこと、
すねていなけりゃいけないの。
だって、かあさんはいったのよ、
「晩までそうしておいで」って。

だのに、みんなが呼びにきて、
わすれて飛んで出ちゃったの。
なんだかきまりが悪いけど、
でもいいわ、
ほんとはきげんのいいほうが、
きっと、母さんは好きだから。

星のかず

十《とお》しきゃない
指で、
お星の
かずを、
かずえて
いるよ。
きのうも
きょうも。

十しきゃない
指で、
お星の
かずを、
かずえて
ゆこう。

いついつ
までも。

金子みすゞ (1903 ~ 1930)
山口県生まれ。早くから詩の才能を開花させ、西條八十から「若き童謡詩人の中の巨星」と賞賛されるも、自ら死を選び26歳でこの世を去る。
没後しばらく作品が散逸していたが、1980年代に入り全集が出版され、再び注目を集めた。

※本書作成にあたり旧仮名遣いを新仮名遣いに改め、一部ルビを変更した

金子みすゞ名詩集

2011年7月6日第1刷
2024年7月11日第19刷

編　纂　彩図社文芸部
発行人　山田有司
発行所　株式会社　彩図社《さいずしゃ》
〒170-0005
東京都豊島区南大塚3-24-4　MTビル
TEL 03-5985-8213　FAX 03-5985-8224
URL：https://www.saiz.co.jp

印刷所　新灯印刷株式会社

ISBN978-4-88392-802-6　C0192